JN017795

100%
自分の
もの

CONSENT (FOR KIDS!)

子どもを守る言葉
『同意』って何？

バウンダリー（境界線）
人への思いやりと尊重、そして
YES、NOは
自分が決める！
ってことを考えよう！

レイチェル・ブライアン 作
中井はるの 訳

集英社

自分たちでチーズの盛り合わせを
用意できるくらい大きくなったわたしの3人の子ども、
ローラ、ミロ、そしてエンゾに捧げる。
手を焼くほど個性的なあなたたちのおかげで
わたしの人生は愛で満たされています。

ようこそ！
これはキミのための本だよ！

やった！
うれしいなあ

ところで…
ここにいるのは、
この本に出てくる「キミ」です！

どの子も、キミに**そっくり**じゃないのはみとめる。
でも、とにかくキミだってことにしよう

この本に書いてあること：

この本に
書いてないこと：

「同意」の意味と
使いかた

うん
たしかに！

友だちとの強い
友情の育てかた

人に助けを
求めるときの
方法

ふざけた歌の
歌いかた

くつしたは
サイコー♪

3

この本のなかみは？

お話！

おバカなネタ！

アイデア！

マンガ！

こんなことがわかる！

「同意」って何？

（答え：賛成すること）

バウンダリー（境界線）の決め方

コン！コン！コン！

ほんとの壁を作るんじゃないよ

＊「境界線」って、間を区切る線のことだよ

友だちをささえる方法

かっこいい♪

一度決めたことでも変えていいこと

やる！

まてよやらない！

やられっぱなしでいいの？

そんなのイヤ！

信頼しあえる友情の育て方

友情

ほかにもたくさん！

さあ、まずは1章へ！

4

1章 キミが決める！

よかった！

同意 の話をする前に…
まずキミは「キミ」という
「世界にたったひとつだけの大切な国」の
「王」みたいなものなんだ

この国（自分）をどうするか
決めるのは自分なのだ！

キミがキミ自身の
「王」ということは
つまり…

100%
自分のもの

← 自分のことは
自分が決める!

キミのからだは、
キミのものなんだ!

「王」であるキミは
自分の バウンダリー（境界線）を
決めることができます

バウンダリーは、「境界線（さかいめの線）」。ここでは…

キミが「だいじょうぶだ」と
思うことと…

帽子をこうかんしよう！

いいよ！

フライドポテト
食べる？

うん！

うちに遊びに
来ない？

行きたい！

おいで！
とびこもう！

うん！

「これはイヤだ」、と思うことの間を分ける、見えない線みたいなものなんだ

ひとりひとり、
相手(あいて)によって、
バウンダリー
(境界線)は
ちがう →

こういうふうに、
キミのバウンダリー
(人との間を区切る線)は、
相手や、時によっても、 **変わる** ことがあ

つきあい方には
いろいろあるよね

ハイタッチ

ギュっとハグする

うなずく

さわるの苦手なの。
よろしくね!

手をふる

うちのネコとしか
ハグしない

ネコと
じゃれあう

自分のからだをどうするか、
自分が決める。それを

かっこいい！
でも、自己決定権
って何？

からだの自己決定権
（じこけっていけん）

と言うんだ

☆「からだの自己決定権」くわしくは65ページを見てね！

たとえば、しんせきのおばさんがこう言ったとする

こっちにおいで！
プニプニほっぺを
ツネツネさせて！

さて、
どうする？

それを決めるのは
やっぱりキミ

だけど、ときには……

安全や健康のために
自分で決められないこともある

それでもこういうときは
言ってもいいんだ

2章 自分の気持ちを信じよう！

ワタシが
知らせるよ！

からだで感じる直感を見逃さないで！

だれかがキミに近づいてきて
イヤな感じがしたら…

たとえば **もやもや** して
気持ちワルくなったり

すごーくもやもや して
もっと気持ちワルくなったら

そういう時は、かまわず逃げるなど、イヤっていう気持ちを言葉や行動で示してもいいんだよ

ささっ

アカウントをブロックしました

ピピッ

よかった

☆相手によっては「ブロック」すると良くない場合もあるので、注意して。
→SNSやネットの注意は65〜67ページを見てね!

もし、だれかがキミのバウンダリー（境界線）をふみにじって
イヤなことをしてきたり、自分の思いどおりにしようとしてきたら
信頼（しんらい）できる人に相談（そうだん）してみてもいいよね

信頼できる友だち

か

助けてくれそうな大人
（スクールカウンセラーや親、先生など）

だけどだれもが助けてくれるわけじゃないから、
キミの力になってくれる信頼できる人をさがそうね

助けてくれそうにないのは…

どれがいいんだよ

お店のふきげんな店員（てんいん）

ばあ

赤ちゃん

変な
やつ！

友だちと言いながら
キミをバカにする子

？

植木（うえき）やうちの犬

3章 同意する／同意をもらう って、どういうこと？

人によってバウンダリーはちがうんだ

だから、何かをするときは 相手が何に「同意」しているか聞いてみよう

> ハグしていい？

> いやだ

キミがしようということに相手が賛成なら 「いいよ＝YES」と言う、それが同意。 同意がもらえないなら やめるんだ

おたがいのからだにかかわるときは とくに大事なことだからね

21

たとえば道をわたろうとする人を助けるとしよう

何かするときには相手の同意をもらわないとね

それなら つねるのはどうだろう？

同意には
大切なことが**2**つある

1. 自分がどう思っているか
相手に話すようにしよう

ヒント：**はっきり言う、直接言おう！**
（何度も言っているうちに上手に言えるようになるよ！）

2. 相手の気持ちや想いを よく聞くようにしよう

なぜなら、キミならぜんぜん
気にしないことでも…

とってもイヤな気持ちに
なる人もいるからね

相手が同意しているかは
どうすればわかるのかな？

相手に聞けばいい！

（そして返事もちゃんと聞こう！）

ハッキリ返事が
かえってくることもあるし…

返事がハッキリしない
こともある

「いいよ」と
答えたけど
おびえている

ふるえあがって
だまったまま
動けない

肩をすくめる

別の話を
はじめる

この子たちは
同意している
のかな？

してない！

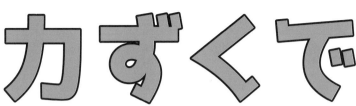

だれかが相手を
力ずくで
同意させても…

おまえの
チーズを
よこせ！

OK!
あげるから
やめて！

それは
ホントの
同意
じゃない

着ているものを見たら何かに同意しているってわかるの？

ノー
NO.

プールに
つきおとせ！

うん、水着
着てるから
かまわないよね！

ぜったいにいや！

同意してない

着てる服だけで「その人が何をしようとしてるか」
なんて、決めつけちゃいけないよ

すごく
泳ぎたい
でしょ？

ううん、ぜんぜん。
水着を着るのが
好きなだけ。
食事の時だって
着ていたいくらい！

31

同じ服を着ていても
理由はそれぞれちがう

ガタガタ

寒いから…

自分がだれか
わからないように
したいから…

自分の犬を
かくしたいから…

着ている服で
「同意」はわかりません

まったく
そのとおり!

だから、よく聞いてハッキリと
「同意」を
かくにんしよう

からだにかかわる
ことのときは
とくにだいじだよ

もし、ハッキリわからないなら
それは **NO** なんだ

ニュース速報!

わざとじゃないかも
だけど
キミのバウンダリーを
越えてくる人が
いるよね

イヤなことは相手に
伝えてみてもいいね。
相手もキミの
バウンダリーがわかっ
変わるかもしれない

（変わらない人もいるけどね）

こちょこちょしていい？

マンガでわかるバウンダリー　その1

こちょこちょしていい？

マンガでわかるバウンダリー　その2

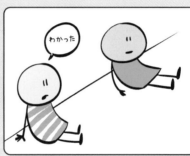

4章 「そうする!」いや、「やっぱりやめとく!」

気がかわってもいいんだよ!

ここまではイイ、ダメ、と決めた自分のバウンダリーがちがうなと感じたら……

バウンダリーを変えてもいいんだ!

たとえばキミが
かわいい宇宙人に
会ったとするね →

グラーグは星と星との平和と友情の
あかしにハグをしたいと申し出た

だけど想像とは
ぜんぜんちがっていた

そんなときは 気がかわってもいい んだ

はじめはハグを
したかったけれど

やっぱり
イヤだと思った

かんたんだよ

あるいは 何かを**やってみてから**
もうイヤだなと思ったときは…

こんなときだって
気がかわってもいいんだよ

（今まで何百万回「いいよ」と言ってたとしてもね！）

ニュース速報!

気がかわった、と言われて
怒りだす人もいるかもしれない

するって
言ったよね?

昨日はやりたがって
いたじゃないか!

約束した
のに!

ウソつき!

こんなとき相手はなっとくできなくて、イライラしたり、
イヤな気持ちになったり、怒りだしたりすることもある

でも、キミが決めていいんだよ

キミの「王」はキミだからね!

A MINI COMIC

アナグマとわたし

アブナイやつとバウンダリー その1

アナグマあげる！

えっ？　あ、ありがと

かわいい…かも？

かっこいい！アナグマ飼ってる！

うんそうなの

やった！

なんてかわいいの

ああっ！なんなの？

ほら、キミはいい子だよ！

ぎゃー！

いいんだ。こんなにかわいいからしかれないよ

ドン！

ドタッ！

バン！

やっぱリムリ。新しくバウンダリーを決めなきゃだね

野生に戻そう！
WILDLIFE REHAB

アナグマおことわり！

THE END

日本では原則として野生動物の捕獲は禁じられていますので、アナグマを飼うことはできませんし、引き取りもされません

アナグマとわたし

アブナイやつとバウンダリー その2

いろいろな関係があるよね

親	きょうだい	ペット
しんせき	友だち	先生やコーチ
専門家（せんもんか） いしゃ・お医者さん	好きな人	知らない人 だれ？

安心してつきあえる関係ってどうしたらわかる?

自分に問いかけてみよう

こんな人のそばにいたら
どんな気持ちになるかな?

いっしょにいて**安心**できて大切にされている感じがする

どんな服着てても
好きでいてくれる
でしょ?

うん!

相手を怒らせるんじゃないかと**心配**になっちゃう

遅刻だ!
みんなぶちきれて
怒るだろうな…

要注意!

自分が**きらい**になる

マヌケだし
ぶさいくだし
さいあくだ

それ、
よくないね

いっしょにいると**幸せ**な気持ちになって**未来**が楽しみになる

いっしょに
おもしろい
ことしよう!

いいね!

どんな関係でも、どうしたらいいか
悩む場面がある

そういうとき
相手とよく話しあって
おたがいのバウンダリーを
尊重しあうように
すれば、だいじょうぶ

> キミにからかわれて
かなしかったんだ

> わかった。もう
ぜったいにしない

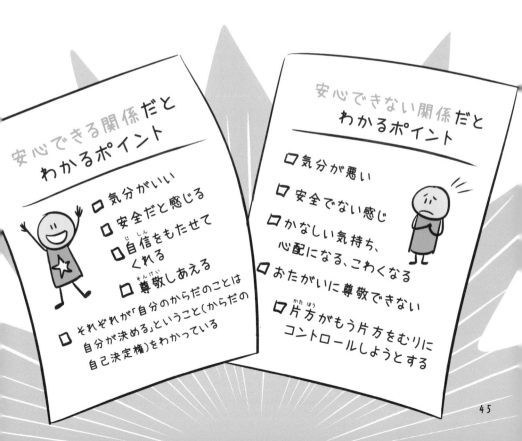

安心できる関係だと
わかるポイント

- ☐ 気分がいい
- ☐ 安全だと感じる
- ☐ 自信をもたせてくれる
- ☐ 尊敬しあえる
- ☐ それぞれが「自分のからだのことは自分が決める」ということ(からだの自己決定権)をわかっている

安心できない関係だと
わかるポイント

- ☐ 気分が悪い
- ☐ 安全でない感じ
- ☐ かなしい気持ち、心配になる、こわくなる
- ☐ おたがいに尊敬できない
- ☐ 片方がもう片方をむりにコントロールしようとする

いい人に見える人は、
だいたいの場合 **いい人！**

キミとなかよくしようとする人は、
こんなふうによくしてくれる
ことが多いよね

キミを見守ってささえてくれる人が
いるのはすばらしいことだ

だけど、やさしくしていい人だと
思わせておいて、キミのバウンダリーを
ふみにじる人も
いるんだ

"手なずける"*
って言うみたい！

＊"グルーミング"とも言う

こういう時は要注意！

ヒミツにしたがる

だれにも
言わ
ないで

？

ふたりきりになりたがる

やった！
ふたり
だけだ！

変な感じに
からだをさわってきたり
何かを強引にさせる

ねえ いいこと
しよう

！

おどして
言うことをきかせる

イヤなら ひどい
めに…

？

そんなことが
あっても
キミは
わるくない！

大人が子どもにしては
いけないことをしたときは
わるいのは
ぜったいに
大人のほうだ

いちど信頼しあえたからって、それは永遠につづくとは限らない

信頼している人が、もしキミがイヤだと思うことをしたら、信頼するのをやめてもいい

6章 自分はどうかな？

だれかにバウンダリーを無視されたら、
そのイヤな思いは忘れられないよね

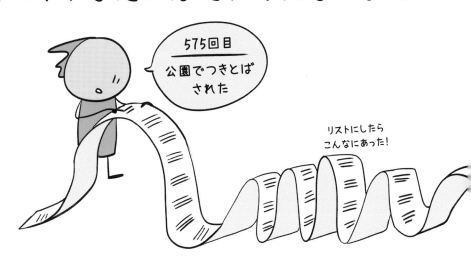

では　自分はどうかな？

相手の意見を聞かないで
自分がやりたいことをするのは
かんたんだよね

むりやり
友だちに言うことを
きかせようと
してない？

それともちゃんと
相手が「同意」
してるか聞いた？

53

そこにいなくても、
その人に関することなら、
本人の「同意」が必要なんだ

あのさ、カールくんが「ヒミツだよ」って言ってた話聞きたい？

うーん、カールくんが知ってほしかったら自分からワタシに言うと思うわ

見たくない。ボクに見せるかどうかはその友だちが決めることだよ

友だちの笑っちゃう写真なんだけど見たい？

ニュース速報！

だれかの
写真や動画を

本人の「同意」をもらわずに
シェア*してはいけないよ
（たとえ本人がキミに送ってきたものでもダメ！）

*シェア：スマホやネットでほかの人に送ること

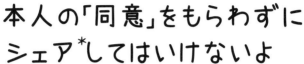

どうしてかって？

だってそれはキミの写真や動画じゃないもの。
写真や動画は、そこに写っている人のもの。
それをどうするかは、その人だけが
決めることができるんだよ

いったんキミがだれかに送ったら
どこまでも広がって止められなくなるんだ…

みんな

えっ？

ボーン

友だち

それが、18歳になってない子の
服を着ていない*写真だったら、
「犯罪」になることもあるんだ

ホントだよ！
そういう写真を撮ることも、
持ってることも送ることも
法律違反になりえるんだ！

☆くわしくは65ページへ！

*全部、または一部

おたがいに相手の気持ちを
尊重（そんちょう）するのって、最初（さいしょ）はむずかしい

「同意」のかくにんを
しあうのには練習（れんしゅう）が必要（ひつよう）

自分のまわりにいる人たちと
「同意」のやりとりを練習すれば、
自然（しぜん）にだれとでもできるようになるよ

7章

キミだって助けられる！

OK,
オー　ケー

キミはもう自分のバウンダリーの
決め方がわかったし、
相手にもちゃんと
聞こうって決めたよね？

だけどだれかが困っているのを見たとき、
キミはどうする？

あれれ？

やめてよ！

キミ

ほかの人たち

57

4つの助け方

（自分だけじゃ危険だと思ったら、まず4番から考えてみよう）

いつでもだれでも必ず
助けられるとはかぎらない

でもキミが手をさしのべるだけでも
何かを変えることができる

☆ そして一番大事なのは 相手にこう伝えること

キミは
悪くないよ!

だれかがキミの
「同意」なしに
バウンダリーを
越えてイヤなこと
してきたときは、
してくるほうが
悪いんだ

子どもが、自分のからだのことをどこまで 決めるかは、それぞれのおうちでちがう

むずかしく言うと、子どもにどこまで"からだの自己決定権"を もたせるかはおうちによってちがうよね、ってこと

つかまえろ！ ごはんだ

う、うん

大昔なら こんな家もあったかも？

子どもに自分で 決めさせる親もいる

どっちを着たい？

右の服！

大人が決めるべきだと 思う親もいる

はい、 これを着て

うん

5分後

やだなー

キミの気持ちを
尊重してくれたらうれしい

でもそうでないときは？

そんなときにはこんなふうにするのもいいね

それでもこんなことをされたら……

どうしたらいいか わからなくなったときは
「助けて」って言っていいんだよ！

（66〜67ページにいろいろな相談窓口があるよ）

仲間をみつけよう

まわりのだれもが「同意」をちゃんと
実行できているわけじゃない

だからこそ、わかりあえる仲間を
つくることが大切なんだ

キミをささえてくれて、キミの話を聞いて
キミを大切にしてくれる仲間は
キミが生きていく力になってくれるはず

（キミも友だちにとってそういう人になれたらいいね！）

「助けて!」と言いたいときは……

もし、だれかがキミのバウンダリーを越えてきて、
怖い、痛い、どうしたらいいかわからない、いやだ!
と思ったら、とにかくすぐに助けを呼ぶんだ!

信頼できる
大人に
話す

おうちの人
親、先生、
スクールカウンセラーなど

警察を呼ぶ
(110番)

66ページに
書いて
あるよ!

子どものための
相談窓口に連絡する

ネットで
相談する

＊くわしくは
66〜67ページを見てね!

「同意」しても、しなくても
「子どもにしてはいけないこと」があるからね

子どもを守るためのきまりもあるよ。くわしくは65ページへ!

おぼえておいて

そんなとき悪いのは
ぜったいに
キミじゃない

キミを助けて守ってくれる人と
つながることが大切だよ!

キミは
ひとりじゃない!

ME
TOO!

☆くわしい説明コーナー☆

お話に出てくる中でもう少しくわしく説明したいことを集めたよ。要チェック！

○13ページ → 「からだの自己決定権」って？

人が自分のからだについて「自分のことは自分が決める」ことは当然だ、ということを示すのが「からだの自己決定権」という言葉です。以前から病気のちりょうのときや、女性のからだに関してよく使われてきました。今では、子どもを含むすべての人が生まれながらに持つ大切な権利と理解されています。バウンダリーを決めて同意を考えるにも、大切なキーワードです。

○19ページ → 「SNSやネットで困ったとき」

知りあったばかりの人がイヤだな、変だなと感じたら、早めに「ブロック」もアリ。でも、知ってる人や知らないけど長くやりとりした人などは、ブロックすると怒ってきたり、別のいやがらせをされたりすることもあるようです。

SNSやネットでの被害のパターンはいろいろ。**悪口を書いてきたり広めたりする／仲間外れにする／おどす／悪質なサイトに誘い込んでお金を取る／写真などを送らせてバラまいたり、おどしに使う／見たくない写真やサイトを送りつける／別人になりすまし、とてもやさしく近づいてだましたり、呼び出していやがらせをしたり暴力をふるったり、連れ去りをする／しつこくつきまとう…などなど。** 被害は相手が子どもをだまそうとしくんで近づいてくるから起こりやすいのであり、子どもは悪くありません。SNSやネットのやりとりで不安になったり、嫌な思いをしたら、こんな方法もあります。

1. まず画面を保存して証拠を残す
2. 信頼できる大人に話す
3. ひどい場合は、大人と一緒に警察に相談する

⇒電話やメールでの相談先は次のページへ！

○55ページ → 「服を着ていない子どもの写真を撮る／持っている／送ること」

日本には、子どもの保護のための法律、「児童ポルノ禁止法」があります。18歳未満の子どもが服を全部または一部をつけずに、からだの部分や性器を見せていたり、性行為などをさせられている写真や画像を撮る、持っている、送るなどすると犯罪になります。服を着ている写真でも人にあげたり送ったりすると、合成されて悪用されることがあるので、やめましょう。

○64ページ → 「子どもを守るためのきまり」って何？

日本では、13歳未満の子どもは、「性的同意年齢」（性行為＊・性交について、何がおこるか、それにともなう危険など、同意をするのに必要な知識を持ち心身の成熟をみたす年齢）ではないとされています。なので13歳未満の子どもに性的行為をしたときは、同意の有無を問わず（不同意を示すとされる暴行・脅迫がなくても）犯罪です。（された子どもは悪くありません）

一方で13歳になれば大人と同じようにあつかわれる、というのは海外に比べても区切りの年齢が低いため疑問の声も大きく、年齢を13歳より上に引き上げるための法律の改正が話し合われています。＊性行為:からだのプライベートパーツ（口、胸、性器、おしり）にお世話や病気の手当でなく触れる、からだの一部（性交の場合は性器）や物を入れること。

みんなのための相談・情報の窓口

どうしたらいいかわからないときは、だれかに相談してもいいんだよ。身近な信頼できる大人に話してもいいし、専門の窓口に相談することもできる。ここで紹介するのは、子どもむけや悩み別に開いている無料の相談窓口。電話やメールで相談できるし、人に知られたくないときは、そのことも伝えて相談すれば大丈夫。悪いのはキミじゃないから、安心して話してね。

だれかに相談してわかってもらえない時は、ほかの人や窓口に言ってみてもいい。自分や友だちを守るためだから、あきらめないで探していいんだよ。きっと味方が見つかるはず！
＊もし身近に危険がせまっていると感じたら、急いで警察に相談しようね。

1. 子どもむけ！ なんでも相談窓口

一番相談しやすいのは、子どもむけに作られた専門の相談窓口。中には24時間開いているところや、名前などを言わないで相談できるところもあります。気軽に相談してみましょう。

◆24時間子どもSOSダイヤル （文部科学省） 24時間応対、夜間・休日も休みなし	☎0120-0-78310 （なやみいおう）	いじめや暴力、そのほか困りごとなんでも「どうしよう」と思ったらここへ。子どもも保護者もすぐ相談できる、24時間受付の相談電話
◆チャイルドライン（毎日16:00～ 21:00・12/29～1/3はお休み）	☎0120-99-7777 （全国共通・通話無料） http://www.childline.or.jp	18歳までの子ども専用の相談電話。名前を言わなくても話せる。年末年始以外は毎日受付中。ネットには自分につぶやくコーナーも。日によってはチャットもでき
◆子どもの人権110番 （法務省） 平日8:30～17:15	☎0120-007-110 http://www.moj.go.jp/ JINKEN/jinken112.html	法務局職員・人権ようご委員が対応し、子どもからのいじめ、ぎゃくたいなどの相談や、子どもについての大人からの相談を受ける。電話のほかに、ネット相談も可
◆ヤング・テレホン・コーナー （警視庁少年相談係）24時間対応	☎03-3580-4970	未成年の人、および親や学校関係者が電話で相談できる警視庁の窓口。24時間、休みなしに対応。中でも月～金曜日の（午前8時30分から午後5時15分）は、専門の担当者（心理職及び警察官）が対応

2. 変な感じでからだにさわられたり、プライベートパーツになにかされたときは？

まず、信頼できる身近な大人の人に話してくださいね。どうしたらいいか不安なら、1の相談先に話してみてもいいし、からだや心の健康や安心、安全にかかわる心配があるなら、早めに、より専門的な下の表の窓口に相談するほうがよいでしょう。

◆性犯罪被害相談電話（全国統一） （警視庁）	☎#8103（ハートさん）	この番号に電話をかけると、おうちの近くの警察にあるそうした悩みの相談窓口につながるしくみ
◆性暴力被害相談の 全国共通短縮ダイヤル （内閣府）	☎#8891 （早くワン〈ストップ〉）	近くの「ワンストップ支援センター（診察や相談・警察・弁護士の情報や紹介などを1カ所で提供）」につながる

3. ネットでトラブル!? と心配なときは

SNSやネットで「どうしよう!」と思ったり、イヤな思いや怖い思いをしているときは、まず1の子どもの相談窓口に連絡してもいいですね。下の表の窓口は子どもむけのところだけではないけれど、相談にのってもらえます。できれば信頼できる大人の人と、一緒に相談できるとよいでしょう。イヤなのに写真がネットに出されてしまったときや、ひどいこと(誹謗中傷)を書かれたり言われたりしたときはメールなどで相談を。相談を受け付けると誘って、お金や写真を送らせる「ニセ相談サイト」などもあるので注意しましょう。お金の問題は「消費者ホットライン」へ相談しましょう。

東京都の相談窓口「こたエール」 電話・LINE 月曜日〜土曜日15:00〜21:00(LINE受付は20:30まで)※祝日除く メールは24時間いつでも受付中	☎0120-1-78302 https://www.tokyohelpdesk.metro.tokyo.lg.jp/	ネット、スマホ、SNSのトラブル相談。ホームページ内から、メールやLINEでも相談できる。＊東京都に住んでいる、東京都の学校に通っている、東京都で働いている青少年やその保護者や学校関係者などが利用できる
特定非営利活動法人 ぱっぷす	https://www.paps.jp/	不法にネットに上げられた画像や映像の検索と削除請求に10年以上取り組む非営利団体。デジタル性暴力の相談支援と画像の削除要請作業を無報酬(実費のみ)で行う
消費者ホットライン (消費者庁)12月29日〜1月3日を除く全日(相談は各窓口の受付時間と同じ)	☎188(いやや!)	ネット上でお金を払えと言われる、などで困ったらここへ。地域の消費生活相談窓口などにつながるしくみ

4. 何かが起こってる、と知らせたい(通報したい)

身の回りで、子どもへのいじめや暴力、ぎゃくたいなど「困ったことが起きている」「助けが必要かも」と思ったときには専門の窓口に名前を名乗らずに(=とくめいで)通報できる窓口があります。

児童相談所虐待対応ダイヤル (厚生労働省)相談は各窓口の受付時間と同じ	☎189(いちはやく) https://www.mhlw.go.jp/stf/seisakunitsuite/bunya/kodomo/kodomo_kosodate/dial_189.html	まわりで起きていることが「ぎゃくたいかも?」と思ったとき、この電話に通報すると電話が転送されて、地域の児童相談所に匿名で相談ができる。通話は無料
匿名通報ダイヤル WEB通報フォーム	http://www.tokumei24.jp/system/xb/tok.smart.report	児童への性的行為や虐待、18歳未満の子どもへの売春や、暴力・脅迫を伴う性的行為をネットから匿名で通報可能

5. 子どもの安全を守る方法を、学びたい

みんなと一緒に「同意」のことやバウンダリー、「身を守る方法」を詳しく知りたい、練習したい、というときには、子どもに向けて教えてくれるところがあります。おうちの人や地域の人など、大人むけもあります。興味を持ったら、身近な大人の人に提案してみましょう。

NPO法人 CAPセンター・JAPAN(南部) 一般社団法人 J-CAPTA(北部)	①http://www.cap-j.net/ ②http://j-capta.org/	約40年の実績がある、子どもの権利を守る団体ICAPの日本支部。「安心・自信・自由」がスローガン。訓練を受けた地域のCAPスペシャリストがワークショップや講演で、子どもが主体的に身を守る方法や考え方を教える

あなたを助ける人は、必ずいるよ

伊藤詩織 ジャーナリスト、ドキュメンタリー映像作家

「同意」という言葉、私もこういうふうに「何かをしたければ、常に相手に聞いて確認しあうもの」という意味では、最近まで知りませんでした。「バウンダリー」という言葉を知ったのも、海外の友だちが子育ての話をする中で「子どものバウンダリーは大事」と言ったことからです。そのとき思いました。「私が子どものころ、ずっと疑問に感じていたことはこれだったんだな」と。私は子どものころから、相手が大人でも、自分が感じた疑問を言うので「がんこな子だ」などと言われ、ずっとモヤモヤしていたからです。この本にあるように、〈子どもも「自分の感じ方」を信じていいし、どうしたいかを言っていい。「同意」を伝えあって理解しあい、尊重しあい、助け合う〉という感覚が、日本の子どもにも普通になってほしいと思います。

　イジメも、暴力も、ハラスメントも、バウンダリーが侵害されて起こるもの。同意がわかれば少なくなるはずです。でも同意って、相手がわかっていないと意味がないですよね。目の前にいる人がどれだけ同意を理解しているか、が大事。自分が知り、みんなが知って、より安心になるんです。なので、できれば５歳くらいからでも、大人といっしょにこの本を読んでほしいと思いました。文字や漢字がわからないならそばに置いて眺めるだけでもいいと思います。

　ユネスコなどが参加して国連が作った世界基準の教育目標に「国際セクシュアリティ教育ガイダンス」というものがあります。日本でいう性教育より幅広くて、教える項目には「同意」があり、「自分のからだは自分のもの」も出てきます。年齢層ごとに目標が違いますが、最初に教え始める年齢は「５歳」です。

だから5歳でも決して早すぎではありません。実際にはもっと幼くても問題は起こりえるので「遅くとも」5歳から読んでほしい、と思います。

この本には、読んでいて「ほんとにそう」と思うことがいくつもありました。「着ているものを見たら何かに同意しているってわかるの？」というのもそのひとつ。私は小さいときにプールで知らない人にからだを触られる被害にあって、とても怖い思いをしたのですが、そのとき知人の大人に「そんなかわいいビキニ着てるからだよ」と言われたことを今でも忘れられません。母にねだり買ってもらったばかりのお気に入りの水着だったのですが「私がいけなかったの？」と、大きなショックを受けました。しかしこの本を読めば、何を着ていても「同意」には関係ない、とわかります。小さいころの私にも「キミは悪くない！」と言ってもらえた気がしました。こうした常識もとても大事だと思います。

この本には何度も「何かあったら信頼できる大人の人に話そうね」というフレーズがあります。私もそう思います。ぜひ相談してほしい。でももしかすると、話してみたら思うように受け止めてもらえないことや、助けてもらえないこともあるかもしれません。残念ながらそういうことはよくあります。勇気をだして相談したのにわかってもらえないと辛いし、あきらめそうになりますよね。だから、ぜひ伝えておきたいです。「私たちはあなたを信じるよ。だから自分の心の感覚を信じてね。あきらめなくていい。あなたを助ける人は必ずいるから。あなたのしたことはどれも間違ってなかったし、今まで一生懸命だったからこそ生き延びられたんだよ。今、ここにいてくれてありがとう。あなたは悪くない」。

・・・

いとうしおり●ジャーナリスト、ドキュメンタリー映像作家。Hanashi Filmsの共同設立者。BBC、アルジャジーラなどでドキュメンタリー作品を発信。New York Festivals 2018では2作品が2部門で銀賞を受賞した。性暴力の当事者として綴ったノンフィクション『Black Box』（文藝春秋）は第7回自由報道協会賞大賞を受賞。5ヵ国語に翻訳されている。2020年9月には『TIME』誌が選ぶ「世界で最も影響力のある100人」に選出された。

この本を手に取った大人のかたへ

これまでの社会で語られなかった 「同意」との出会いをぜひ生かして

村瀬幸浩 性教育研究者

　子ども向けの、読みやすく楽しい本。ですが、読んでみるとなかなかのボリュームがあります。そして子どもと一緒に「ふーん、なるほど」と読みながら、途中でハタと手が止まった人も多いのではないでしょうか？「こんなこと考えて来なかったな」と自問する場面が多々ある。正直、性教育に長年携わってきた私も、何度か「自分はどうだったかな？」と考えながら読みました。

　実際、ここに出てくる「同意」「バウンダリー（境界線）」については、大人でも「知らなかった」、「あまり気にしていなかった」という方が多いのではないでしょうか？

　日本では子どもは、「目上の人の言うことをきくべき」、という文化が今も主流。そうした中で「親の」「先生の」「年長の人の」言うことがほぼ絶対的で、子どもの意思、つまり「同意」「不同意」は、ほとんど軽視されてきました。"男性が占めてきた優位な立場の者の意向に「女子供」を従わせ、自由な意思表示をさせない"。そんな「パターナリズム」（父権主義）が当然、の日本社会の中で生きてきた私たち。個々の「バウンダリー」が違うことも無視され、「指示に従え」「みんなに合わせるべき」という価値観の中で、それぞれ個性を持つ子どもは、しんどい思いをしてきたことも多いはずです。大人のみなさんも、かつてはそうだったのではないでしょうか？　子どもたちも、そして自分たちも、「同意」を尊重されない社会に暮らし、育ってきたことを私たちは自

　覚し、その弊害を見つめ直す必要があります。

　子どもにもそれぞれの感覚や意思で決める「バウンダリー」があり、それを自覚し守るためには「同意」の確認が常に必要なのだ、と明かすこの本は、当たり前のことを語りながら同時に、日本の大人の常識や社会のありかたに大きな一石を投じるものともいえます。そして子どもがこうした知識を身につけることは、将来にわたって健全な関係を築くための力となるでしょう。

　それぞれの子どもに固有のバウンダリーと同意については、親や親族、教師や地域の人など、近しい間柄であっても、じゅうぶん配慮することが大事です。

　また「同意」以前のこととして、子どものプライベートパーツ（口、胸、性器、おしり）には、家族であっても手当てや世話以外では触らないことも大事です。「かわいいから」「はしゃいで喜ぶから」、などの理由づけは親の勝手な解釈、判断です。「その部分には触らない」という「一線」を引くことが重要。子どもが、そうした接触行動を「勝手にして（されて）いいこと」「人が喜ぶこと」と勘違いしては困るのです。

　親子でも、きょうだいでも、学校でも職場でも地域でも、それぞれが相手の人を、違う人格を持つ「他者」として、尊重しあうことが大切。子ども、そしてパートナーをはじめ、人との関係に問題が起こりそうになったときは、この本で出あった、「同意」「バウンダリー」を思い出してみてはどうでしょうか。そうして誰もが互いを尊重しあう幸せで安全な社会を、子どもたちといっしょに作っていきたいですね。

むらせゆきひろ●東京教育大学（現筑波大学）卒業後、私立和光高等学校で保健体育教諭に。総合学習として「人間と性」を教える。その後一橋大学、津田塾大学などで「セクソロジー」を講義した。生き方と性を見つめる著書多数。2020年『おうち性教育はじめます』（フクチマミ氏と共著・KADOKAWA）がベストセラーに。現在は一般社団法人"人間と性"教育研究協議会会員、『季刊セクシュアリティ』誌編集委員。日本思春期学会名誉会員。

謝辞

編集者のリサ・ヨスコウィッツとローラ・ホースリー──ふたりの機知に富む思慮深いコメントや
提案のおかげでこの本ができました。

カリーナ・グランダには、すばらしいアートディレクションや、技術的なフィードバックでとても助けられ
ました。それからアニー・マクドネル、ローラ・ハンブルトン、そしてアシェットのチームが、この本を美し
くしあげてくれました。

わたしの代理人である、ベント・エージェンシーのモリー・カー・ハーンは、この本をこの世に送り
出す手助けをしてくれました。あなたの知識と指導など力を貸してくれてとても感謝しています。

優れた読者たちのクリスティー・コサック、サラ・ポッツ、キム・アラバータ、ジェス・バークに特に
お礼を伝えたい。読んで的確なフィードバックをくれてありがとう。とても助かりました。

サラ・ブライアン、ひらめきや、協力、なぐさめがほしいときに誰よりも頼りになる存在です。

バーバラ・ブライアン、ダグ・ブライアン、いまだにときどきわたしの朝食を作ってくれてありがとう。

ローラ・ウェストバーグ、不安なときも、嬉しいときもいつもよりそってくれてありがとう。

最後にジュリー・タルバット、あなたはわたしの心の支えです。ありがとう。

レイチェル・ブライアン

Consent (for Kids!) by Rachel Brian
Copyright © 2020 by Rachel Brian | Cover illustration copyright © 2020 by Rachel Brian
This edition published by arrangement with Little, Brown and Company, New York, New York, USA, through Japan UNI Agency, Inc., Tokyo.
All rights reserved.
Printed in Japan
Japanese Text Copyright ©2020 by Haruno Nakai   ISBN978-4-08-333166- 4 C8098   定価はカバーに表示してあります。

子どもを守る言葉
『同意』って何？
YES, NOは自分が決める！

2020年10月31日　第1刷発行
2022年 8 月31日　第8刷発行

作者（イラストも）
レイチェル・ブライアン

訳者
中井はるの

デザイン
吉村亮　石井志歩
（Yoshi-des.）

編集協力（50音順）
北原みのり・作家、アクティビスト
CAPセンター・JAPAN（長谷有美子、重松和枝）
角田由紀子・弁護士
藤岡淳子・大阪大学大学院名誉教授
山本 潤・一般社団法人Spring初代代表理事

協力
丸山理佳子

編集人
中安礼子

発行人
萱島治子

発行所
株式会社　集英社
〒101-8050
東京都千代田区一ッ橋2の5の10
編集部　03-3230-6399
読者係　03-3230-6080
販売部　03-3230-6393（書店専用）

印刷
凸版印刷株式会社

製本
加藤製本株式会社

著者
レイチェル・ブライアン

米国ブラウン大学で生物学を学び、アーティストとして活動するかたわら、生理学、生物学、数学を、高校や大学で教えていた。その後ブルー・シート・スタジオを創立し、社長およびチーフアニメーターとして活躍している。「性的同意」についてわかりやすく説明する動画「ティー・コンセント（お茶と同意）」を共同制作し、世界中から注目を集める。その後、娘の体験をもとに子ども向けの動画「コンセント・フォア・キッズ」を公開し、その内容をさらにくわしくまとめたものがこの本である。
現在、これら動画は25以上の言語に翻訳され、世界で1億5000万人の人たちに閲覧されている。
ロードアイランド州プロビデンスに、3人の子どもと、ブサカワな犬のハーヴェイとくらしている。

「Tea Consent」（日本語字幕付き）https://www.youtube.com/watch?v=fGoWLWS4-kU
「Consent for Kids」（日本語字幕付き）https://www.youtube.com/watch?v=h3nhM9UlJjc

訳者
中井はるの

東京都在住。娘の誕生をきっかけに児童文学の翻訳の道に。『木の葉のホームワーク』（講談社）で第60回産経児童出版文化賞翻訳作品賞受賞。訳書に『グレッグのダメ日記』シリーズ（ポプラ社）、『ワンダー』（ほるぷ出版）、『難民になったねこクンクーシュ』『PEACE AND ME わたしの平和』（かもがわ出版）、『ちっちゃなサリーはみていたよ』（岩崎書店）、『ドッグマン』（飛鳥新社）、『だいすきすき』『なにしてあそぶ？』（イマジネイション・プラス）やディズニー映画のノベライズがある。